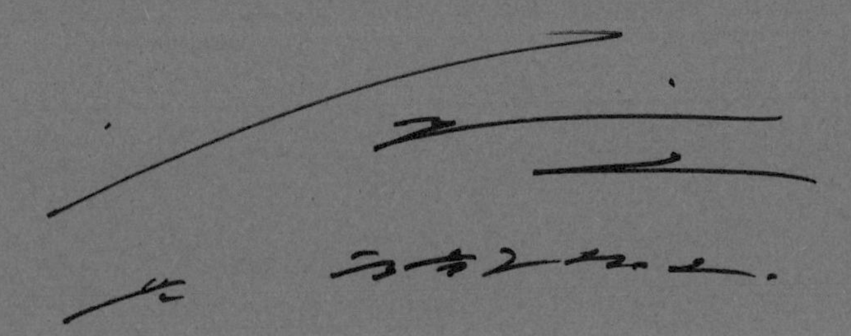

더킹 · 영원의 군주
THE KING · ETERNAL MONARCH
포 토 에 세 이

더킹 영원의 군주
THE KING · ETERNAL MONARCH
포토에세이 | 화앤담픽쳐스·스토리컬쳐 지음

RHK
알에이치코리아

CONTENTS

HIGHLIGHT

"부르지 말라 지은 이름일세."

대한제국 3대 황제.

그는 이름마저 용포를 입었다. 이곤(袞).

황제의 자리는 그러한 것이었다.

시간과 공간을 넘나들 수 있는 열쇠, 만파식적을 노린 자들이

결국 이곤의 아버지를 죽인 역모의 밤….

그는 8세의 어린 나이에 목도했던 그 밤을

잊을 수 없었고 잊어서도 안 됐다.

이후 그는, 매일 밤 죽음을 베고 자는 황제가 되었다.

지독하고 고독한 밤들이었다.

그가 25년 동안 외로움을 달랠 수 있었던 건

누군가 흘리고 간 신분증 덕분이었다.

그의 세계에 존재하지 않음으로써

오히려 존재할 수 있었던, 정태을….

그러던 어느 날, **또 다른 세계** 평행세계의 문이 열렸다.

그가 우연히 나선 길은

곧 운명으로 향하는 길이 되는데….

미세하게 다른 공기. 기억과 다른 건물들.

무엇보다 자신을 전혀 알아보지 못하는 이 여자.

여긴 정말 평행세계인가?

"자넨 이렇게 우주 너머에 있었군.

정말 존재하고 있었어."

오래도록 그려왔던 얼굴이

그의 앞에 서 있다.

서울지방경찰청 경위. 정태을.

역모의 밤, 8세 이곤이 주워 든 신분증에 적혀 있던 그 이름.

그러나 운명은

차원이 다른 세계 속에서 피어나는 그들의 사랑을

못내 모르는 척하는데….

마주 보고 있지만, 맞닿을 수 없는

이곤과 태을의 애틋한 마음은

운명을 설득할 수 있을까?

그러나 또 다른 운명이 그들 앞을 가로막는다.

나보다 더 부유한 나

나보다 더 건강한 나

나보다 더 행복한 나….

부족하고 불행하다 느끼던 사람들에게

다른 인생으로 건너갈 수 있는 선택의 기회가 던져졌다.

"내가 너에게 새 삶을 주마. 기회는 단 한 번."

이곤은 각자의 삶이 사라지는 대한민국과 대한제국을 지키기 위해

태을은 자신을 둘러싼 세상과 이곤의 세계를 지키기 위해

모두가 운명으로 도착하는 발걸음을 시작한다.

"그곳에 영원이 있대도

난 자네에게로 올 거야.

내가 늦으면 오고 있는 중이야."

모든 것이 멈춘 시간을

모든 것이 사라진 공간을

또 홀로 외롭게 걸어가는 곤이다.

그러나 이제는 안다.

그 끝에 태을이 있다는 것을. 자신을 기약 없이 기다리는 태을이가….

그래서 그는 멈출 수 없다.

"생을 다 걸고 도착하고 싶은 어딘가가 있다면,

그게 바로 운명입니다.

내 모든 생을 걸고 옮기는 걸음이

바로 운명이니까요."

두 세계를 가로지르는 단 하나의 사랑

그들이 내딛는 걸음걸음이 과연 어떤 운명을 가로지를까?

망설임 없이 끝을 향해 달리는 이곤

용감하게 그를 기다리며 서 있는 정태을.

그들이 그리는 아름다운 대서사!

'운명에 우연은 없다는 걸.

운명은 스스로의 선택이지만

그중 어떤 운명은

운명이 우릴 선택하기도 한다는 걸.

나는, 나를 선택한 나의 운명을 사랑하기로 한다.'

PART 1

THE KING | ETERNAL MONARCH

또 다른 세계

자네는 이렇게 우주 너머에 있었군.

만파식적

이 피리를 불면

적병이 물러가고 병이 나으며

가문 땅엔 비가 오고

장마는 개며

바람은 멎고 물결은 가라앉는다.

실로 그러하여

신문왕은 이 피리를

'만파식적(萬波息笛)'이라 부르고 국보로 삼았다.

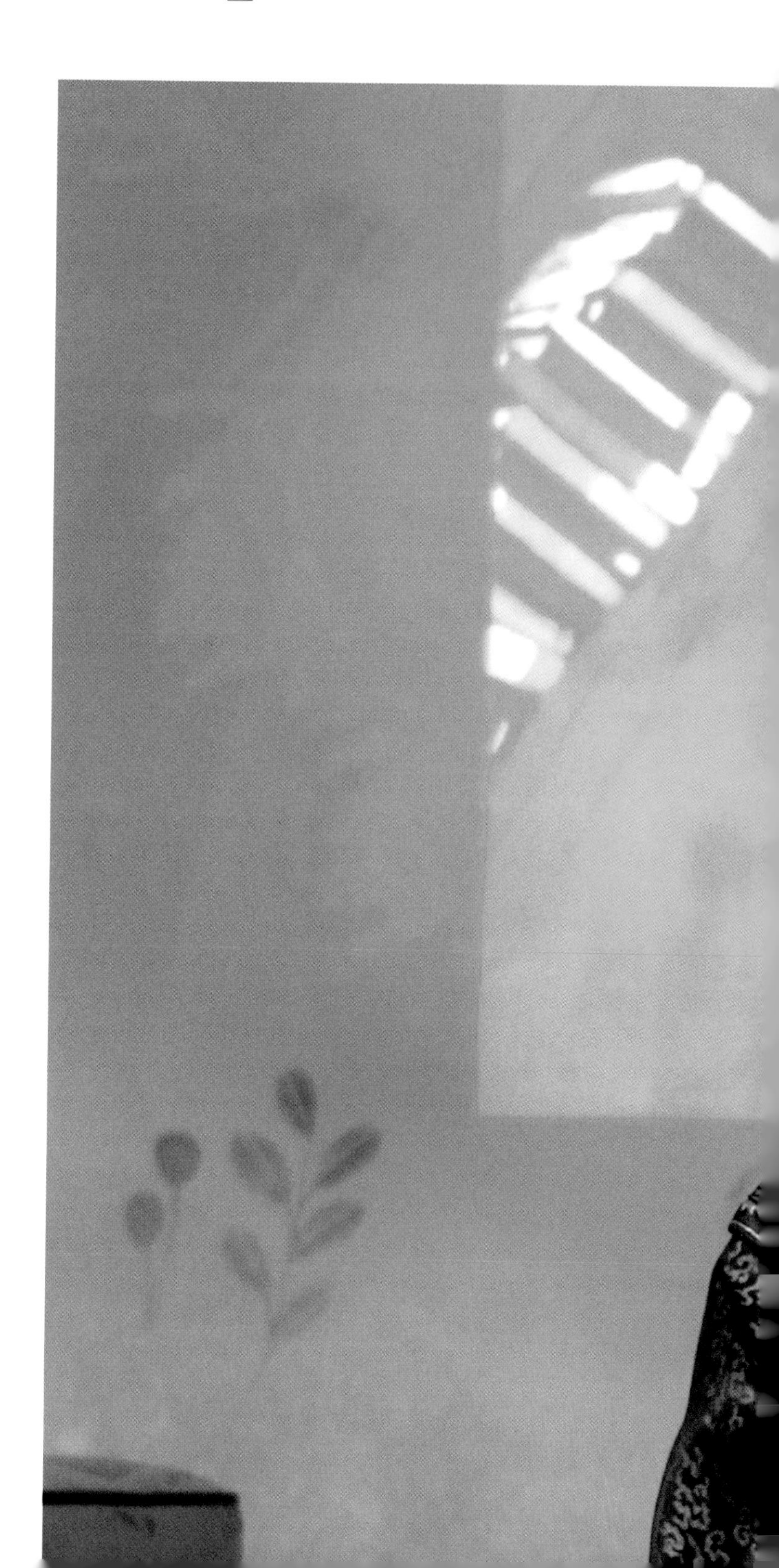

시계토끼

그럼요.

폐하도 시계토끼를 따라가세요.

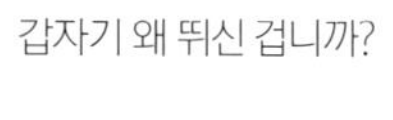

갑자기 왜 뛰신 겁니까?

시계토끼를 봤거든.

얼굴

난 잡는 게 아니라 찾는 거야.

나밖에 못 찾는 얼굴.

이런 일이 생길 때마다 매번, 그 자리에 있는 것 같거든. 25년 전에도. 오늘도.

글쎄. 이미 봤는데 못 알아봤을 수도 있고.

근데 그는 왜 날 한 번도 안 찾아올까?

폐하께서 잘 크셔서요.

그 누구의 도움도 필요 없을 만큼.

350ml

평행세계

나는 나여서 나인 사람이라 이 또한 안 믿을 것 같지만
내 반가움은 표현된 듯하고, 자넨 혼란스러운 듯하니
현 상황만 간단히 설명하겠네.

나는 대한제국의 황제이고 수상한 자를 쫓다가
천둥과 번개가 치는 차원의 공간을 넘어 이곳에 왔네.
잠시 당황스러웠으나 찬찬히 다시 생각을 해보니
아마도 이곳은 평행세계인 것 같네.

두 세계

자네 세계의 역사를 봤지.

내 세계와 어떻게 다른지 알고 싶어서.

두 대한의 역사는 소현세자부터 달라졌더군.

그 이후부터 두 세계의 역사가

조금씩 다르게 흘러서 여기까지 오게 된 거야.

자넨 왜 한 번도, 한마디도,

내 말을 안 믿는 거지?

믿음이 그런 거야? 그렇게 터무니없는 걸 턱 믿어야 되는 거야?

난 아직 지구가 둥글다는 것도 안 믿기는 사람이야.

근데 평행세계?

경계

문을 찾는 중이야.
근데 역시 빈손으로 오니까 안 열린다.

믿기 어렵겠지만 원래는 저만치
당간 지주가 서 있어야 해.
신과 인간 세계의 경계에 세우는 기둥.
피리 소리가 들리고 천둥과 번개가 일고
거대한 당간 지주가 나타났었어.

근데 오늘은 그 문이 허락되지 않나 봐.
한 번은 확인이 필요했는데
마침 자네가 앞장서라 해서 난 좋았지.

어디에

어디 계신 겁니까?

대체 폐하께는

무엇이 더하여진 겁니까?

열쇠이자 자물쇠

그날.
식적이 열쇠임을 확인한 순간
알았어야 했다.
역적 이림에게도 식적의 반동강이 있고
살아 있을 가능성이 있고
두 세계를 넘나들었을 가능성이 있음을
짚었던 순간에라도.

아름다운 것을 보기 전에 말이다.
이 식적이 열쇠이면서
자물쇠였음을.

TIME
THE NEGOTIATOR

먼 여행

이번엔

아주 멀리 다녀왔습니다.

태어나서 제일 재밌는 여행이었습니다.

허무해서 아름다운

나도 아직은 정확힌 몰라.
일단은 자네와 내 세계의 1과 0 사이 정도?
여긴 과학으론 설명이 안 되는 곳이야.

여긴 시간도 다르게 흘러.
여기서 1분은 바깥에서 한 시간 정도야.
여기 오면 시계도 멈춰서 여러 날 오가면서 확인했어.

여기가 얼마나 깊은지 또 얼마나 넓은지도 모르겠어.
언젠가는 꼭 끝까지 달려볼게.
그리고 자네에게 다 얘기해 줄게.
오늘은 일단 나의 세계로.

엄마

누군데?
자네가 이 세계에 와서까지 찾는 사람이.

우리 엄마.
여기가 평행세계면
나리도 있고 은섭이도 있으니까.
나는 없더라도 우리 엄마는 살아계실지도 모르니까.
물론 다른 사람인 건 알지만
여기서는 안 아프길 바랬고.
나는 다섯 살 때 기억밖에 없으니까
그냥 먼발치에서라도 잠깐.
그래서 와봤지.

16

흔들리는 균형

원래 도플갱어는 둘 중 하나는 반드시 죽어.

그게 우주의 룰이야.

원래 하나만 있어야 할 게 둘이 있으면 혼란스러워지니까.

이 골목에 카페는

여기 하나면 되고

태권도장은 영웅호걸 하나면 충분해.

세상엔 균형이 필요하거든.
나사가 우주인의 존재를 왜 숨기겠어.
세계가 둘이잖아?
그럼 반드시 한 세계가 다른 한 세계를 멸망시켜.
그게 우리 쪽은 아니어야지.

믿기 힘든 시작

아무리 설명을 해도 안 믿을 거고
해서, 내가 널 데려갈 거거든.
직접 확인시켜 주려고.
1과 0 사이.
그리고 니가 쫓는 그 사람과
정태을은 다른 사람이라는 걸.
그 후에 그 사람을 찾을 거야.
정태을과 같은 얼굴.
이게 시작이야.
이제 우린 다른 세상으로 갈 거야.

공조수사

두 세계가 이렇게 섞이면 안 되는 거잖아.
다 각자의 시간으로 흘러가야 되는 거잖아.
근데 두 세계가 이미 어긋나고 있고
난 그걸 알았고
그러니 어떡해, 다시 폈지.
난 대한민국 경찰이니까.
그러니까 아는 정보 있으면 다 줘봐.
이건 우리 둘만 할 수 있는 공조수사야.

평행 운명

같은 얼굴, 같은 신분증, 평행세계.
그날. 신분증의 행방에 의문을 가졌던 순간.
알았어야 했다.
이림이 살아 있고
두 세계가 조금씩 뒤섞이고 있고
균형을 잡으려는 초월적인 어떤 힘을
짚었던 순간에라도
우리가 이 앞에 서기 전에 말이다.
이를테면
운명 같은 거.

기억

니들 진짜 뭐냐?

헛소리하지 말고 제대로 말해. 어디 있는데! 니 황실이.

너 뭐야? 뭐냐고! 니가, 이곤이야?

그 울고 있던 애가, 진짜 너야? 니가 진짜, 이곤이야?

대답해, 새끼야!

말하면, 이번엔 믿을 건가? 이미 여러번 얘기했거든. 내가 누군지.

자네가 궁금한 건 다 얘기했어.

하나 확실한 건, 자넨 내가 나의 세계로 돌아가야 하는 이유야.

아마도 내가, 자네의 주군인 듯 싶거든.

균형

흔들려도
흔들어본다.
균열을 내어
균형을 잡는다.

우주의 힘

우주의 힘

결의

하늘은 정(精)을 내리시고 땅은 영(靈)을 도우시니
달이 모양을 갖추고, 산천이 형태를 이루며
번개를 몰아치도다.
현좌를 움직여 산천의 악한 것을 물리치고
현묘한 도리로서 베어 바르게 하라.

내 목소리 기억해? 난 기억해.
더 잘 숨어야 할 거야.
네놈이 지금 대한민국에 있다는 걸
방금 내가 알아버렸거든.

마주한 시간

3,481초!

처음 시작은 놓쳤고.

두 번짼, 121초

841초

961초

2,209초

그리고 마지막 멈추는 시간이

소수의 제곱근으로 늘어나고 있다.

이 속도면 예순두 번째에는 하루가 멈춘다.

결국, 정태을과 나의 세계는

영원히 멈추는 순간이 온다.

피리 소리

난 위험을 알려.
그리고 적병을 물리치지.

근데 너 이쪽에도 있구나!

난 하나야.
내가 갔던 거야.
균형을 잡는 거야. 적이 너무 많잖아.

데자뷔

사실 데자뷔는
주파수가 딱 맞는 어느 한순간
다른 세계의 나를 잠깐 훔쳐보는 거야.
너 알지? 나 라디오 동아리였던 거.
나 방금 나를 봤거든.
근데 나랑 똑같은 애가, 너랑 똑같은 애랑 있어.
나랑 똑같은 앤 머리가 짧고 너랑 똑같은 앤 환자복을 입었어.

적의 적

질문이 많은 걸 보니 답도 빠르겠구나.

난 뭐부터 답해줄까?

보다시피 난 이렇게 죽지 않았다.

저 여잔 또 다른 세계의 너고.

지문부터 DNA, 얼굴과 생년월일까지 똑같지.

대한민국이라는 평행세계가 있거든.

나 지금 협박당하는 거야?

내가 낸 답이 오답이면 이 여자가 내 자릴 대신하는 건가?

그간 수천의 사람을 만났다만

가르치지 않아도 다음 수를 따라오는 건 니가 처음이다.

어찌하겠느냐?

답을 내보겠느냐?

날 웃게 만드는 건 황실 남자들밖에 없다니까.

당신 능력부터 증명하는 게 순서지.

날 여기로 데리고 가 봐.

또 다른 세계, 대한민국으로.

영원한 동반자 한국과 태국
The Goal
Project 2007
영·유아 생활지도

혼자

차원의 문이 열리는 순간 시간이 멈춰.
횟수를 거듭할수록 멈추는 시간이 더 길어지고 있어.
이젠 한 시간도 넘게 멈춰.

사람을 세우면 외려 그들이 위험해지는구나. 이림만 움직일 테니까.
그러네. 안 해본 생각이 아닐 텐데.
근데, 시간이 그렇게 오래 멈춘다고?
그 시간 동안 당신은 혼자겠구나.

몇 번은 자네가 함께 있었어.

우리에게 방법이 있긴 한 걸까? 이걸 되돌릴 방법이?

시간이 멈추는 건 식적이 반으로 갈라져서
반쪽짜리 힘만 쓰게 되니까 생기는 균열인 것 같아.
그러니까 어쩌면 다시 하나가 되면 괜찮아지지 않을까?

어떻게 다시 하나가 되는데?
이림이 가진 걸 뺏거나 당신이 가진 걸 뺏기거나
둘 중 하나겠구나.

이림이 반쪽을 손에 넣기 전에 그걸 막거나.
그 문 안에 공간의 축만 있는 게 아니라
시간의 축도 존재한다면 가능해져.
그러면 25년 전 내가 자네의 신분증을 주운 게
설명이 되거든.

무슨 걱정하는지 알아.
그 식적이 하나가 되면
그 문이 영영 닫히는 건 아닐까, 맞지?
열일곱 개 중 열 번째야. 미리 겁먹지 말 것.
그 일은 아직 일어나지 않았어.

하나가 되면

차원의 문 안에서 식적이 하나가 되면
그 문 안에 시공간의 축이 동시에 생겨요.
비로소 하나가 된 식적은 스스로를 구하고 싶은 순간으로 데려가죠.
황제도, 역적도, 같은 곳으로 갔어요. 역모의 밤으로.
황제는 역적으로부터 두 세계를 구하고 싶고
역적은, 역모에 실패하는 어리석은 자신을 구하고 싶거든요.
역적은 스스로를 구하지 못했네요.
그 대신, 지금의 자신을 만들었죠.
나도 날 구하고 온전히 하나가 되고 싶거든요.
운명을 따라가고 있죠. 길을 잃지 않고 무사히 돌아올 수 있을까요?
반쪽짜리 식적은 힘이 없는데.

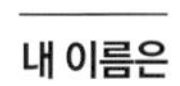

내 이름은

나는 대한제국의 황제이고
부르지 말라고 지은 내 이름은
이곤이다.

ETERNAL MONARCH

PART 2

THE KING | ETERNAL MONARCH

진심의 방정식

자네가 어딘가에 있어줘서 덜 외로웠어.

드디어

드디어
자넬 보는군.
정태을 경위.

자넨 이렇게 우주 너머에 있었군.
정말 존재하고 있었어.

奉勅令北極上到令

가려고

가지 말게.

25년이 걸렸어. 자네를 보기까지.

난 오늘이 아주 길었으면 좋겠어.

이유

왜 날 두고 가.

난 이 세계에서 아는 사람이 자네밖에 없는데.

왜 이 세계에 아는 사람이 나밖에 없는데?

당신은 나를 마치 아는 사람처럼 구는데 난 당신 몰라.

당신은 날 왜 아는데?

방금 아주 중요한 결정을 했어.
자네에게 내가 누구인지 도저히
모를 수 없는 자리를 줄까 해.

정태을 경위.
내가 자넬 내 황후로 맞이하겠다.
방금 자네가 그 이유가 됐어.
이 세계에
내가 발이 묶일 이유.

진심의 방정식

나는 실수 중에 0을 가장 좋아해.
자넨 그 0의 성질을 가졌어.
보통 0은 아무것도 없다는 의미로 쓰지만
사실 절대적인 권력을 가진 수야.
어떤 수든 엮이면 전부를 잃게 하거나
무력화시키니까.
화폐에서 힘을 발휘하는 건
앞의 숫자가 아니라 뒤에 붙는 0의 개수고.

루트 안에 갇힌 수가
루트를 벗어날 수 있는 방법은 딱 두 가지야.
제곱근을 갖거나
절대 권력을 가진 수인 0을 만나거나.

자넨 늘 바쁘고 나는 안중에도 없어.
덕분에 난 이곳에서 무력하였으나 다 괜찮았어.
자넨 내가 상상했던 것보다 훨씬 멋지고
내가 갇힌 루트 앞에 이렇게 서 있으니까.

진심이냐는 질문의 답이었어.
증명이 됐나?

고마웠어.
자네가 어딘가에 있어줘서 덜 외로웠어.
25년 동안.

덕분에…

방금, 시간이 멈췄었어.
자넨 못 느꼈어?
나만 빼고 다 멈췄었어.
가설이지만 아마도 문을 넘은 부작용의 일종인 것 같아.

근데 덕분에, 아름다운 것을 보았지.

기다릴까 봐

자네 오늘도 늦어?

인사하고 가려고.

내가 자넬 기다릴까 봐.

어디 가는데?

나의 세계로.

가는 방법을 몰랐던 게 아니라

안 가고 싶어서 버텼던 거야.

사랑하던 그 사람이여

산산이 부서진 이름이여.
허공 중에 헤어진 이름이여.
불러도 주인 없는 이름이여.
부르다가 내가 죽을 이름이여.
심중에 남아 있는 말 한 마디는
끝끝내 마저 하지 못하였구나.

사랑하던 그 사람이여.
사랑하던 그 사람이여.

나의 세계로

직접 보면 믿을 건가?
그럼 지금 같이 가도 좋고.

어딜 같이 가?

같이 가자.
나의 세계로.

THE ALLEY

외로웠겠더라

오늘 혼자
여기저기 다니다 보니까
외로웠겠더라 내 세계에서.
내가 나란 걸 증명할 길이 없다는 게
꽤 막막하더라.
데리러 와줘서 고마워.

1
01
01
1004

내가 찾던 답

자네가 여기 온 내내 가지고 다녔어.
보여주면 간다 그럴까 봐 못 꺼냈지.
근데 자네 세계보다 더 멀리 가고 있으면 어떡해.
일단 확인해 봐.

남색 자켓, 맞네. 내 신분증이 맞아.
근데 말이 되나 이게. 분명히 내 건데
25년 전부터 여기 있었다고?

누군가가 흘리고 갔어. 근데 기억이 점점 흐릿해져서
내가 그를 알아 볼 수 있을지는 모르겠어.
근데 꼭 한 번은 내 앞에 나타날 것 같은 느낌이 들어.
그가 이 모든 일의 시작이거나 끝일 테니까.
풀기 어려운 문제 같지만 분명 간단하고 아름다운 식이 있을 거야.
자넨 내가 찾던 답이고 이제부터 하나하나 증명해 볼게.
그게 누구든, 어느 세계 사람이든, 자네가 이겼거든.
그러니까 그렇게 혼자 작별하지 마.

당신만 부를 수 있는

황실은 가장 명예로운 순간에 군복을 입어.
이기고 오겠단 얘기야.
명예롭게 돌아와서, 금방 갈게.
기다려줄 건가?

또 보자. 이곤.

부르지 말라고 지은 이름인 줄 알았는데
자네만 부르라고 지은 이름이었군.

기다림

금방 오겠다던 그는
오래도록 오지 않았다.
나는 누군가를 기다리는 사람처럼
핸드폰을 들고 있지도 않았다.
조금은 둥글어진 지구에서 나는
오로지 기다렸다.
그의 세계에서
어떤 일이 일어나는지
알 수도 없었다.
그는 1과 0 사이를 지나
그 너머에 있는 사람이므로.

비밀

내가 방금 뭘 증명했는지도 맞춰봐.
연애해 본 거? 아님 지금 연애하는 거?
자네만 알고 있어.
나 지금 연애 중이야.

안부

자네 잘 있었어?

나 기다렸고?

다행이다.

좀 무서웠거든.

혹시 자네가

내가 오지 않기를 바랄 수도….

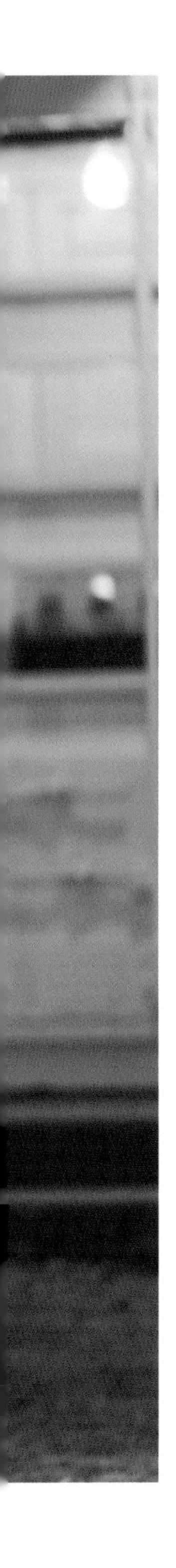

이런 일상

자넨가?

끊지 말지. 이런 거 꼭 해보고 싶었는데.

자네와의 이런 일상.

이렇게 전화를 걸고 전화를 받고

그런 거.

오늘 뭐했냐고 물어도 보고

난 자네가 참 많이 보고 싶었다고

전해도 주고.

나도.

질투

그럼 혹시 '홍대나 건대 사이'라는 게 무슨 뜻인지 알아?

둘 다 대학교야. 가깝진 않지.

아, 먼 사이다?

근데 둘 다 내가 좋아하는 곳이야.

왜 좋아해! 그 먼 데가 왜 좋아! 왜 편들어!
아니, 어떻게 이렇게 사람 심중을 모르면서
형사는 어떻게 하는 거야!
됐고, 다시 일상 해.
나 지금 마음의 위안이 필요해서 자네 손잡을 거야!

이건 생략해. 우린 또 언제 볼지 모르는데.

부서지는 말들

오지 말란 말 하지 말아줘.

가지 말란 말 하지 말아줘.

난 때때로 가야 하고

가면 서둘러 돌아오고 싶어.

둘 중 뭐든,

자네가 그 말을 하면

난 아무것도 못할 것 같아.

부디 지치지 말아달라고 부탁하는 거야.

사랑할 수밖에 없는

처음 이쪽 세계에 왔을 때 말이야.
내가 그때 안 도와줬으면 그래도 나 좋아했어?

이해했을 거야. 이해하다 좋아했을 거야.

내가 엄청 싸가지 없이 굴었으면, 그래도?

그렇게 굴었어.

그랬어도.

그렇게 구는 이유가 있었을 테니까.

시간이 아주 많이 흐른 뒤에야 알았다.
운명에 우연은 없다는 걸.
운명은 스스로의 선택이지만
그중 어떤 운명은
운명이 우릴 선택하기도 한다는 걸.

지금 이 순간에도
일어날 일들은 일어나고 있었고
이런 일상도 잠시일 거란 슬픈 예감도 들었었는데.
나는,
나를 선택한 나의 운명을 사랑하기로 한다.

사랑해.

정태을, 나도.

초월

궁금해서 그러는데
내가 너 좋아하냐
너가 나 좋아하냐
이 세계에서.

나랑 같이

그곳에 영원이 있대도
난 자네에게로 올 거야.
내가 늦으면 오고 있는 중이야.

올 생각을 하지 말고 같이 갈 생각을 해.
좋은 데 혼자 가지 말고.

나 자네가 너무 보고 싶을 것 같은데.
자네, 나랑 같이 가면 안 돼?
내 세계에서 나랑
같이 살면 안 될까?

나의 집

하이얀 여울턱에 날은 저물 때.

나는 문간에 서서 기다리리.

새벽 새가 울며 지새는 그늘로.

세상은 희게, 또는 고요하게.

번쩍이며 오는 아침부터

지나가는 길손을 눈여겨보며.

그대인가고….

그대인가고….

또 다른 약속

나한테 황후가 되어주겠냐고 물었어? 하라고 우겼지.

그래서 답은 뭔데?

할 건가? 할 거냐고.

내가 싫다고 하면

오늘이 우리의 마지막인 건가?

오늘은 아니야.

내가 생각을 해봤는데 난 그냥 오늘만 살기로 했어.

오늘만 일상처럼.

오늘만 파란으로.

우린 그게 맞아. 그러자.

보통 이럴 땐 영원을 약속하던데. 우린, 오늘만 살자고?

응, 내일은 없어. 그래서 난 오늘이 아주 길었으면 좋겠어.

그래서 손잡은 거야. 오늘만 사니까.

오늘만 사는데 손만 잡는 거야, 우리?

나 환영해 줄래

너 내가 왜 형사가 된 줄 알아?
언젠가 누군가가 나한테, 넌 누구냐고 묻는 순간에
내 손에 든 게 종이길 바랐거든.
나를 쏘든, 그를 쏘든.
은섭이가 은섭이가 아니던 날.
그 황제라는 신원불상자랑 통성명했어.
내가 불러봤지. 내가 기억하는 이름을.
이곤.

근데 맞더라.
여기 있어서. 이쪽에. 니 옆에.
그 세계에서 니가 나를 못 찾은 이유가
나였어. 강신재.
여기까지는 팩트고
내가 누군지는 아직 모르겠어.
여기가 맞을까?
너는, 나 환영해 줄래?

내가 갈게

조금만, 조금만 버텨.

정태을 경위….

내가 갈게.

내가 반드시 찾아낼게.

어딘가에

서 있어만 줘.

10 11 12 1
2
9
8 7 6 5 4

警察

나 찾아줘

이곤….

나야. 정태을.

믿기지 않겠지만 나 지금 대한제국에 있어.

누군가한테 쫓기고 있는데….

나는 지금 궁 쪽으로 가고 있어….

얼른 갈게. 내가 가고 있으니까

이거 들으면… 나 찾아줘.

지켜라.

대한제국 황후 되실 분이다!

보고 싶었어.

보고 싶었어….

온 우주를 열게

그간 많은 일들이 있었어. 그래서 못 갔어.

다행이다. 난 그 문이 닫힌 줄 알고….

걱정하지 마.
만약 그 문이 닫히면, 온 우주의 문을 열게.
그래서 자네를 보러 갈게.

개여울

당신은 무슨 일로
그리합니까.
홀로히 개여울에 주저앉아서
파릇한 풀포기가
돋아 나오고
잔물은 봄바람에 헤적일 때에
가도 아주 가지는
않노라시던
그러한 약속이 있었겠지요.
날마다 개여울에
나와 앉아서
하염없이 무엇을 생각합니다.
가도 아주 가지는
않노라심은
굳이 잊지 말라는 부탁인지요.

엇갈린 실

결국 재갈을 당겼던데 이유가 뭡니까?
내 발을 묶은 이유 말입니다.

제가 발을 안 묶었으면
폐하께선 어디로 가시는 길이셨을까요?
청혼을 하러 가셨을까요?

내가
사랑하는 여인입니다.
모든 걸음과 모든 시간을 응원하게 되는.

늘 정직하시네요. 폐하께선.
폐하, 전 폐하 옆자리가 좋았던 겁니다.
그곳이 폐하를 가장 잘 볼 수 있는 곳이니까요.
근데 그곳은 제 자리가 아니라고 하시니 이제 어떡할까요.
폐하의 반대편에 서야 폐하가 잘 보이려나.
난 세상 가장 낮은 곳에서
세상 가장 높은 황제를 향해 걸어왔는데
넌 태어날 때부터 높았던 너라서
고작 사랑으로 움직이는구나.
이제 제 심장은 무엇에 뛸까요, 폐하.
정직과 충성심은 아닐 것 같은데.

운명의 척도

고백은 왜 안 합니까?
좋아하지 않습니까, 정태을 경위.
나도 아는 걸 본인이 모를 리는 없고.
우리 폐하와 정 형사님, 안 될 일입니다.
두 세계는 너무 멉니다.

그런 이유면 더더욱 말 아껴.
같은 세계에 있어도 다른 세계보다 먼 사이도 있어.

어디까지 온 거야

금방 갈게. 가고 있어, 자네에게.

기억이 새로 생겼어.
기억이 다 나.
나 다섯 살 때, 그 사람이 왔었어.
94년, 94년이면 역모가 있던 해야.
그 밤으로 갔구나!
그 밤에 대한민국으로 넘어온 거야.
그는 지금, 과거에 있어!
어디까지 온 거야?
나 어디서 기다리면 되는데….
어디까지 왔어?
거의 다 왔어?

범죄신고는

기억으로 남아

기억하네.
미리 말했어야 하는데 난 신분증이 없어.
여러 번 말하지만 미치지도 않았고.
무슨 일이 있어도 나를 도와줄 다섯 사람이
다 모여 있어서 반가웠어.
각오는 했었는데 자네가 날 모르는 순간은 슬프네.
그래서 온 거야.
오늘 자네의 기억으로 남기 위해서.
우린 지금 다른 시간에 살고 있거든.
그러니 내가 도착할 때까지 부디 지치지 말아달라는 내 부탁 꼭 들어줘.
우린 광화문에서 다시 만나게 될 거야.
난 단추가 많은 옷을 입었을 거고 맥시무스와 함께 올 거야.

그러니 그때
나에게 조금만 더 친절해 주겠나?
그리고 나에게 조금만 더 시간을 내어줘.
우린 시간이 별로 없거든.

왜 다시 만나는데?

그게 우리의 운명이니까.
모든 시간에 자넬 보러 오지 못하는 이유는
식적에 균열이 심해지고 있기 때문이야.
이만 가볼게.
자네랑 있으면 자꾸 숫자 세는 걸 까먹어서.
안녕.

TELEP

잊을 수 없는

보고 싶었어.
보고 싶었다고.

미안해.
자꾸 기다리게 해서.
정말 미안해.
미안해. 미안해.

슬픈 고백

나 가야 돼.

못 가. 어딜 가.
가면 못 돌아올 수도 있는데
니가 왜 가.

난 혼자 남아 견디는 거 못할 거 같아.

너 진짜 말귀 못 알아들어?
내가 너 못 보낸다고, 새끼야!
죽을 때까지 닥치고 살려 했더니
기어이 고백을 하게 만드네, 나쁜 새끼가.
내가 너 좋아한다고 정태을.
평생 너 하나 좋아했어.
방금 1초 전까지 다 채워서
너 좋아했다고 내가.
근데 내가 널 어떻게 보내.
너 죽는 꼴 어떻게 봐.

제발 나 줘.

형님 마음 몰랐어서 미안하단 말은 안 할게.

이제 와서 마음 아프다 하면 것두 위선이다.

근데 형님이 나 좋아한 것처럼

내가 누군가를 좋아해.

형님 속 썩인 거 다 갚을게.

꼭 돌아와서.

그러니까 그냥 주라.

제발 나 좀 살려줘.

안 가면 나, 정말 죽을 것 같아, 형님.

심중에 남아서

기다려야지.
이곤이 과거에서 널 막고
세상을 되돌릴 때까지.
만약 이곤이 실패한다면
내가 널 막을 거고.

조카님이 세상을 되돌리면
넌 이곤에 대한 모든 기억이 없어질텐데.

그래서 마음이 아파.
그 찬란했던 기억이 다 심중에 남았거든.

내가 사랑한

자넨 이렇게 우주 너머마다 존재하고 있군.

여전히 날 모르고.

자넨, 왜 울지?

어디서나 행복해 보여서

그거 하나 위로였는데.

자넨 왜 날 아는 얼굴인 것 같지?

왜 날 다 기억하는 것 같지?

자네야?

정태을?

진짜 자네야? 맞아?

온 거야? 진짜 온 거야?

이제 다 온 거야?

드디어 자넬 보는군.

정태을 경위.

왜 이렇게 늦게 왔어. 내가 얼마나 기다렸는데.
매일매일 기다렸단 말이야.

다시 길을 찾아야만 했어.
그렇게 온 우주의 문을 열어 보느라.
그래서 늦었어.
찾더라도 기억 못할 거라고 생각했어.
날 잊은 자네라도 보고 싶어서.
잊었으면 다시 말해주려고 했지.

둥글어진 세상

근데 이제 지구가 평평하다고 우기는 여인은 없는데?

이제 내 지구도 둥글어졌거든.

진짜? 나 때문에?

중력 때문이지.
중력 때문에 사과도 떨어지는 거고.
밀물과 썰물이 생기고.
사랑해.

상미종
生
식빵

영웅호걸
태권도장

정 은 경
Jeong
대한민국 육군 ROKA

PART 3

THE KING | ETERNAL MONARCH

온 생을 건 선택

나는, 나를 선택한 나의 운명을 사랑하기로 한다.

상처

나의 지옥이자 나의 역사야.
내 아버지를 시해하고
내 목을 조른 자의 욕망이
내 몸에 그어놓은.

정직

승마에 입문하면 이 말부터 듣게 됩니다.
'항상 정직하게 훈련했다면 너의 말은
너를 세상 끝까지 데려다줄 것이다.'
구 총리, 정직하게 하는 편입니까?

'정직' 같은 멋진 건 지지율이 떨어져도 되는
태어날 때부터 이미 높은
황제만의 특권입니다, 폐하.
전 정치인이구요.

나쁜 길 끝에

진짜 궁금해서 그러는데

대체 뭐 때문에 정직하게 살아요?

나 정직하게 안 살아.

내가 아는 어떤 사람이

나보고 나쁜 길 끝에 서 있는 사람 하라잖아.

그래서 이렇게 살아. 왜?

LED HDTV

모든 순간이

나는 나의 모든 순간이
대한제국의 역사이고
그 역사가 불멸로 남길 바랍니다.
나는 이 나라의 황제니까요.
그런데 그게, 어진 성정만으로 가능할까요?
하여 나는 총리에게 빚질 수 없어요.
내가 부재했던 시간이
훗날 어떻게 기록될지는 더 지켜봅시다.
이해했습니까?

숙제

제가 좋아하는 사진이 있는데
초학교 봄 소풍 때 찍은 사진입니다.
벚꽃은 가득하고 제가 한손은 노상궁의 손을
다른 한손은 당숙의 손을 잡고 있어요.
평생 가족과 생이별하고 살아가시는 당숙의 손을요.
당숙께선 그런 제가 밉지 않으십니까?

제 아버지의 이복형제는
자신의 형제를 죽이고 조카인 제 목을 졸랐습니다.
당숙의 피붙이들은 저로 인해 하나같이 해외로 떠돕니다.
평생을.
해서 궁금합니다.
제 아버지의 사촌 형제는 제 편일까요, 아닐까요?

그 어떤 풍문도 저를 흔들지 않습니다.
혹시 제게 숨긴 게 있으십니까?
전 당숙을 믿고 좋아합니다.
제게 아무것도 숨기지 말아주세요.

이건 제가 오랫동안 풀어온 문제입니다.
증명하지 못해 두고 갑니다.

용감한 사람

난 태어날 때부터 직업이 정해져 있었거든.
황제.
다른 사람들은 어떻게 꿈을 가지는지 궁금해서.

어렸을 때
다른 집 애들은 〈백설공주〉, 〈인어공주〉 봤다는데
난 아빠랑 맨날 〈경찰청 사람들〉을 봤어.
자꾸 보다 보니까
경찰이 되고 싶어지더라고.
세상 모든 사람들이
용감해질 순 없는 노릇이니까
내가 용감해지기로 했지.

멋있네. 정태을 경위.

김개똥이는 어떤 황젠데?
젊고 잘생기고 돈 많고?

조정 선수고, 수학자고
고아고 잘 컸고
사인검의 주인이고
이런 질문은
처음이라 태연한 척하는 중인데
안 들켰길 바라는 황제.

설명할 수 없는 존재

모든 것이 기가 막히지만 한 가지는 확실합니다.
설명할 수 없는 존재란 세상에 혼란만 가져올 뿐이고
폐하께는 해를 끼칠 것을요.

더불어 이 세계에 궁금증도
갖지 마시고 머물지도 마세요.
이 세계라 함은, 폐하도 포함입니다.

대한제국
KINGDOM OF COREA

아름답길

하루에 30분은 연구실 밖을 나가세요.
여러분의 연구실은 청소가 필요합니다.
충분한 휴식을 취하세요.
여러분의 몸은 무한소수가 아닙니다.
연인 혹은 가족과 아름다운 시간을 만드세요.
이과생도 할 수 있습니다.

여러분은 대한제국의

자랑스러운 수학자들입니다.

어떤 문제를 풀고 계시든

여러분의 풀이도 답도, 아름답길 바랍니다.

위하는 마음

마. 니가 암만 아더왕 행님 위한다 해도
내가 우리 은비 까비 위하는 마음만 하겠나.
근데 아더왕 행님이 그라데.
이게 내 동생들을 지키는 길이라고.

선택

자, 그럼 미천한 당신의 인생을
바꾸겠습니까?

싫다고 하면 어떡할 건데.
내가 당신 얼굴도 봤는데.
이 여자가 아니라 내가 죽나?

글쎄, 거기까진 아직.
그간 단 한 명도 싫다고 한 적이 없었어서.
괜찮아요.
당신이 첫 번째 예외가 되는 것도
내겐 흥미로우니까.

슬픈 예감

처음부터 그 역모의 목적이 왕좌가 아니라 식적이었던 거면
식적의 반은 내게 있고, 그럼 그는 반드시
내게 있는 반쪽을 찾으러 오겠구나.
그러니까, 정태을이 나에게 위험한 것이 아니라
내가 정태을에게 위험한 것이다!

두 세계의 문

폐하 여긴, 우리의 삶이 없습니다.

이쪽 세계에 없어야 할 삶이 하나 더해졌거든.
역적 이림이 살아 있을 가능성이 있어, 이곳에.
우리 세계엔 그를 죽일 명분, 사람, 다 있어.
근데 이 세계엔 없어. 너밖에.
이림도 넘나들어, 나처럼.
그때마다 시간이 멈추는 것 같아.
그는 이미 알 거야. 궁이 비었다는 걸.
근데 난 몰라. 이림이 넘어간 건지 넘어온 건지.
난 돌아가서 그걸 알아내야 해.
그와 내가 나눠가진 것이 있어.
만약 내가 그것을 빼앗기면
그는 두 세계의 문을 여는 유일한 자가 돼.
그럼, 저쪽에도 우리의 삶은 없어.

욕심

욕심이
가장 진심이야.
진심을 다하는 게
뭐가 나빠.

운명을 쫓는 군주

자네, 왜 자꾸 나 보내?
왜 하나도 안 묻고.
어디 갔다 왔냐 물으면
나 이제 다 얘기해 줄 건데.

압니다. 다 압니다. 어디로 가시는지.
폐하께서는 지금
운명을 쫓고 계시지 않습니까.

모든 생을 건 걸음

선명하진 않습니다.
사람들은 보통 운명 보고 비키라고 하고 덤비라고 하고.
맞서 싸워야 할까요?

생이란 게 한 치 앞도 알 수가 없지요.
그렇게 한 치 앞도 모르면서
생을 다 걸고 도착하고 싶은 어딘가가 있다면
그게 바로 운명입니다.
옮길 운(運)에 목숨 명(命).
내 모든 생을 걸고 옮기는 걸음이
바로 운명이니까요.
도착하고 싶으신 곳이 있으십니까?
그럼 싸우지 말고 도착하시면 됩니다.
부디 어여쁜 누군가가 서 계시면 좋겠네요.

이 증명이 끝나면
지구가 평평하다고 우기는 한 여인과 찾아뵙겠습니다.

불멸의 삶

그는 그곳에서 시간을 유예하고 있다.

늙지 않는 자. 불멸에 가까운 생명.

네놈이 얻고자 하는 건 그것이구나.

영원!

더하기

전 요즘 수학 기호 중
'더하기'에 대해 생각합니다.
더하기는 병원의 마크, 십자가, 방정식의 축 등
어떤 의미가 더해지는가에 따라
누군가에겐 치유,
누군가에겐 기도,
그리고 또 누군가에겐
운명에 맞설 용기가 되기도 하니까요.

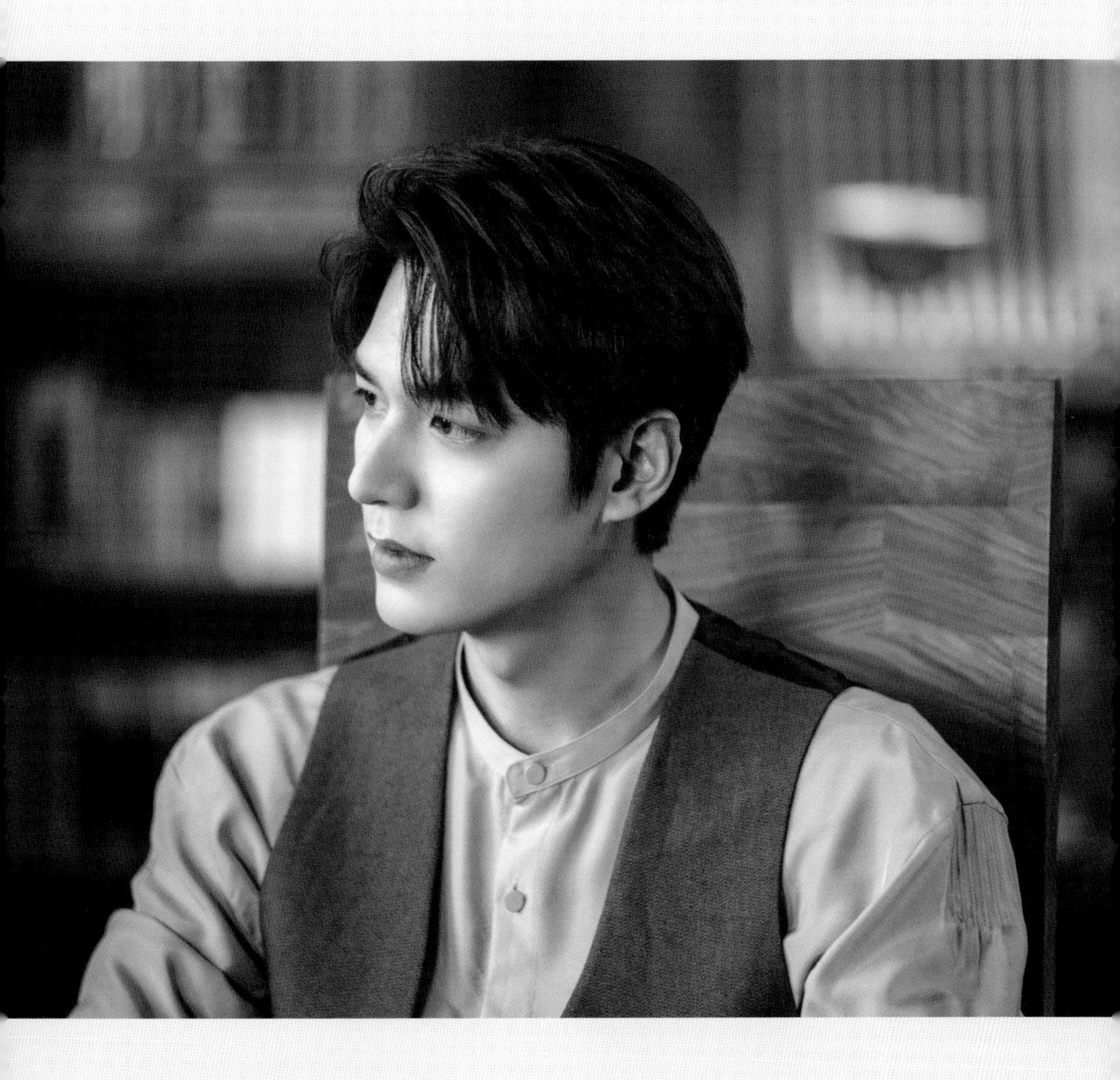

우연과 운명

우연처럼 보이는 것은
대부분이 필연이고
필연처럼 보이는 것을
운명이라 한다지.
허나 걱정마라.
선의는 늘 무능하고,
그 운명엔 힘이 없다.

원점

우린 대체 뭘 쫓고, 어디로 가고 있는 거냐?

나도 아직은 정확하게 몰라.

그래서 그냥 가보는 중이야.

가다보면 우린 어딘가에 도착하게 돼 있대.

걸을 만큼 걸으면 말이야.

누가?

이상한 나라의 앨리스가.

다른 시간 속에서

이번엔 많이 늦었네.

아주 멀리에서 오느라.
생각해 보니까, 내가 꽃도 한 송이 안 줬더라고.
그래서 우주를 건너서 왔지.
근데 나 지금 다시 가야 해.
맞다. 이 말도 아직 안 했더라고.
사랑해.
자넬, 아주 많이 사랑하고 있어.

어느 순간 내가 눈앞에서 사라진 듯 보일 거야.
그렇더라도 너무 걱정하지는 마.
나는 멈춘 시간을 걸어가는 것뿐이야.

알 수 있었다.
그는 다른 세계가 아니라, 다른 시간 속에서 왔다는 걸.
아마도 아주 많은 것들을 결정한 어느 날일 것이다.

기회 혹은 …

낮은 동네에서 유명하다고.
못하는 거 없고 안 하는 거 없고. 집도 절도 없고.
차에서 쪼그려 자는 잠.
남의 심부름이나 해서 빌어먹는 삶.
부모의 얼굴도 모르고 내내 시궁창에서만.
그런데 곧 죽기까지 한다고.
인생이 너무 가혹하다고 생각하지 않나?
이식 가능한 장기가 네 차례까지 올까?
이 아인 너야. 정확히는 다른 세상의 너.
허나 너와는 다른 삶이지.
이 아인 건강하고 사랑받으며 컸거든. 부모에게.
니 부모의 얼굴이다. 넌 처음 보겠지만.
내가 너에게 새 삶을 주마.
그 삶이 갖고 싶으면 그저 끄덕이면 된다.
니 앞에 온 행운 앞에.

어디든

이번엔 또 어디로 가십니까?
꿈도 꾸지 마십시오.
어디로 가시든 혼자는 못 가십니다.
함께 가겠습니다.
거기가 어디든
어떤 전장이든
못 돌아올 길이면 더더욱.

천하제일검

폐하 여덟 살, 내가 네 살.

즉위식을 치르는 폐하를 처음 뵀습니다.

그때 생각했습니다. 폐하께서 행복하시면 좋겠다고.

운명이었다고 생각합니다.

법과 정의, 목숨 걸고.

난 그게 폐하인 겁니다.

폐하의 첫 집무셨습니다. 선황제 폐하의 국장이.

제 형제의 칼에. 폐하께선 그걸 다 보셨구요.

그래서 그 밤 이후 폐하께선

매일 밤 죽음을 베고 자는 황제였습니다.

폐하께 궁은, 가장 안전한 집이기도

가장 위험한 전장이기도 했으니까요.

이제 폐하께서는 새로운 전장으로 나아가시는 듯합니다.

그게 폐하의 운명이면 따라야죠.

전부 아니면 전무

내가 전에 말했었지. 우린 서로가 원하는 것을 반씩 가지고 있다고.
그는 그걸 우산에 숨긴 것 같고.
그도 이제는 눈치챘을 거야. 내 것이 어딨는지.
뺏기지 않아야 하는 싸움이야. 이건 전부 아니면 전무인 싸움이거든.
걱정 마. 내 것 중 그 어느 것도 안 뺏겨.
그래도 걱정되면 우리 같이 기도하러 갈까? 우리에게도… 신의 가호가 있기를.

커다란 운명일수록

처음과는 달리

대한제국 황제라는 그의 말을 나는 반은 믿었고

평행세계를 좀 더 빠르게 이해했고

좀 더 빠르게 그의 세계에 갔고

여전히 꽃씨를 사고, 뿌렸고

좀 더 빠르게 나의 운명을 사랑하기로 했으나

일어날 일들은 일어났고

아이러니하게도 비극 또한 좀 더 빠르게 찾아왔다.

운명은 변하지 않았어.
운명은 진짜 바꿀 수 없는 걸까?

그럴 리 없어.
운명이 그렇게 허술할 리 없어.
커다란 운명일수록
더 많이 걸어야 도착하게 되는 거 아닐까?
우린 아직 다 도착하지 못한 것뿐이야.

허락

하지 마.
가야 한단 얘기면 하지 말라고.
나 당신 안 보낼 건데?
세상 같은 거 구하지 말자.
그냥 왔다 갔다 하면서 오늘만 살자. 응?
무슨 방법 생각하는지 다 알아.
과거로 가려는 거잖아.
가서 이림이 넘어오기 전에 잡으려는 거잖아.
그럼 난 당신을 기억하지 못하게 돼.
두 세상이 지금과 다르게 흐르면
난 당신을 모른 채 살게 된다고.

두 세계가 이미 너무 많이 어긋났는데
되돌려야 할 이유가 너무 많은데
방법은 그거 딱 하나야.
그러니까 가라고 해줘.
떠나라고. 부탁이야.
난 지금 태어나 처음으로 누군가의 허락을 구하고 있어.
자네가 잡으면 난 갈 수가 없어.

돌아오겠다고 말해.
열 번째야.

무슨 일이 있어도 꼭 돌아오겠다고.
열한 번째야.

이림을 잡고, 그 문이 닫히더라도
온 우주의 문을 다 열고
꼭 다시 돌아오겠다고 말해.
열두 번째야.

그럴게.
온 우주의 문을 열게.
그리고 자네에게 꼭 돌아올게.

마지막 기회

식적 어딨어? 아니 누구한테 있어?

너도 죽겠다고 왔어?

니 발로 죽으러 가겠다고?

무서워야지.

두려워야지.

네까짓 것들이 왜, 대체 왜 그런 선택을 하는 거냐고, 왜!

무서워.

그 사람 혼자 외로울까 봐.

두렵지.

두 세상이 이대로 흘러갈까 봐.

그러니까 너도 선택해.

나랑 같이 들어가는 게 낫지 않겠어?

당신이 욕망할 수 있는 마지막 기회야.

식적 누구한테 있어?

이번에는

잃어버린 거예요? 버린 거예요?
손을 놓친 거예요, 놓은 거예요?

너 살라고, 너 잘 살라고.

잘 살지 못했어요.
희망 같은 거 갖지 마세요.
용서 같은 것도 빌지 마시고.
그냥 한번, 보고 싶었어요.
나쁜 꿈에서 이제 그만 깨고 싶거든요.
건강하세요.
이번엔 내가 당신을 버립니다.

이 싸움의 끝

죽음도 초월했는데 정녕 네놈 하나
빗겨갈 수는 없는 운명이란 말인가.
대체 어떻게 이 길을 지켜 선 것이냐.

나 하나면 좋았겠지. 근데 나 하나가 아니야.
누군가는 날을 잡고
누군가는 뒤를 쫓고
누군가는 네놈이 잡히길 기원하고
누군가는 맞서고 있는 중인 거야.

처음엔 고작 스물두 걸음이었다.
내가 가질 세상을 네놈이 이렇게 멈춰버리는구나!

네놈이 25년 동안 식적을 이용해 죽음을 유예한 탓에
세상에 죽음이 온 거야.
그러니 우린 이제 그만 이 싸움을 끝내야 해.

이기적이게도

신은 안 것이다.
내가 나를 구하지 않고
이림을 잡는 선택을 하리란 걸.
그래서 내 어깨에 미리 표식을 찍어 놓은 것이다.
그 운명을 따라가라고.
이기적이게도.

나를 놓쳐줘

많이 외로웠겠어 자네.

나의 비밀도 자네의 비밀도 품고 사느라.

그 시집.

자네에게 주는 선물이었어.

자네가 불러주던 '엄마야 누나야' 자장가가

그 책에 있던데.

혹시나 했는데

조마조마했는데

헌데, 어찌 하문도 않으셨습니까?

간다 그럴까 봐.

자네 세계로.

덕분에 아름다운 시를 보았지.

그리고 이건 부탁인데

다시 한번만

나를 놓쳐줘.

놓쳐드리면

다시 돌아오실 겁니까?

자네 꼭 건강해야 해.

내 마지막 명이야.

마지막 명

영이 넌 여기서 이림의 퇴로를 막는다.

발견 즉시 전원 사살한다.

만약 내가 천존고에서 실패하면

영이 너라도 꼭 역적 이림을 사살해야 한다.

폐하, 지금 무슨 생각을 하시는 겁니까?

폐하, 설마. 안 됩니다. 절대 안 됩니다.

내 마지막 명이다.

죄송합니다. 폐하.

전, 제 주군을 지켜야겠습니다.

그게 제 일입니다.

지구의 생명

사랑하기로 한다

사는 동안 우리 앞에
어떤 문이 열릴지라도
함께하는 순간들이 때론
아련한 쪽으로 흐를지라도
내 사랑 부디 지지치 말기를.

그렇게 우린
우릴 선택한 운명을
사랑하기로 한다.
오늘만
오늘만
영원히.

BEHIND
THE KING | ETERNAL MONARCH

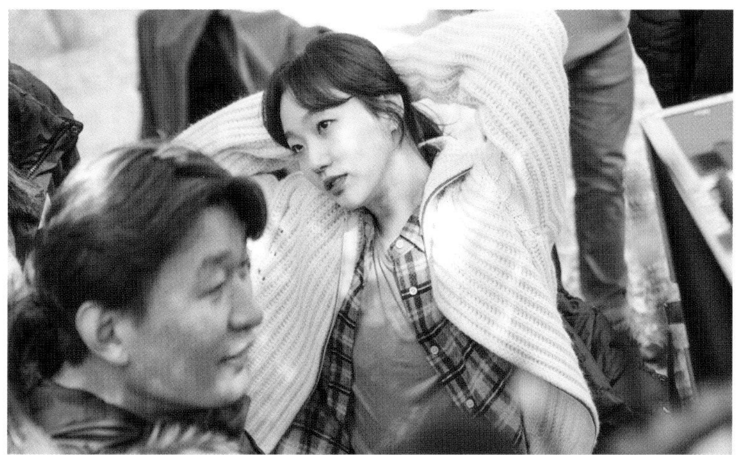

해송서점

교육지침
애국애족
성실근면

心
道在於心

THE NORTH FACE

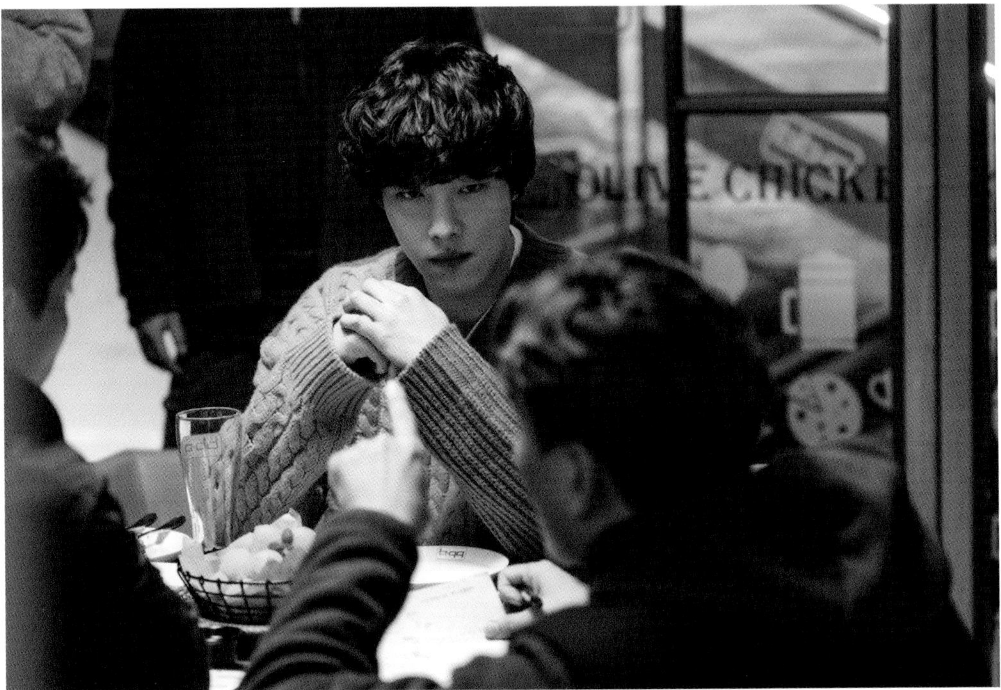

모아
도

신협
신협
평생

BURGER KING

LE RECIF de CORAIL
보리차
미수가루

태강
연탄

賣票所
상영시간표
미수
냉

STAFF

기획 SBS

제작  STUDIO DRAGON

제작 윤하림 최진희

극본 김은숙 **연출** 백상훈 정지현

출연 이민호 김고은 우도환 김경남 정은채 이정진 외

화앤담픽쳐스 기획총괄 백혜주 | 제작총괄 김범래 | 제작행정총괄 윤지원 | 제작팀장 주경하 | 마케팅총괄 이윤아 | 제작프로듀서 민영빈 진의량 | 마케팅프로듀서 양수지 강소현 | 제작행정 이빛나 | 라인프로듀서 이주현 **스튜디오드래곤** 제작총괄 김영규 | 프로듀서 김가혜 | 사업지원 류형진 안지현 이보현 | 법무지원 박지혜 정다솜 | 촬영 [장그림] 장병욱 [bin company] 빈태환 주명수 한두희 | 조명 [명조명] 윤명석 [아우라] 권준령 | 동시녹음 [sound M] 우민식 [(주)사운드 디자인] 성경환 | 그립팀 [쿨캠] 이금상 [제이제이] 박정희 | 미술감독 김소연 | 세트제작 (주)아트인 | 소품 [지니어스] 이이진 | 분장/미용 [JM(제이엠)] 박진아 | 의상감독 이진희 | NLE편집 최중원 | 편집팀 최소희 최수빈 남소양 | 무술감독 강영묵 김영민 | 메이킹필름 [나인퍼센터이지] 구예준 김영광 박동석 | 홍보 [3HW] | 포스터 TORS | 음악감독 개미 | 음악효과 고성필 | OST 프로듀서 구본영 | Sound supervisor [studio26miles] 오승훈 | D.I [DH media works] 이동환 | 종합편집 이동환 이한슬 | VFX [West World] 김신철 손승현 양영진 이용섭 | DIT 정수경 이종찬 최유락 | 보조출연 [태양기획] | 캐스팅 [에이엔캐스팅] 안세실리아 | 특수효과 [디앤디라인] 도광섭 도광일 김형주 김진규 | 보조작가 박숙진 정민희 | 섭외 [로그이엔티] 강예성 조장호 권수진 박장민 | SCR 박정미 이상아 | FD 김영민 조성현 강세림 함예빈 [이나] 박병우 정두리 유은현 박소현 | 조연출 [투와이스] 정여진 [시그널램프] 임준혁 정다운 이장섭, 이소진 **SBS** 홍보 손영균 이두리 정다솔 | 홍보사진 김연식 옥정식 | SNS 임진하 김승윤 조진서 | 종편 장철 **SBS 콘텐츠허브** 사업총괄 김휘진 전수진 진해동 | 콘텐츠투자 이한수 박영민 | 국내사업 이도구 김웅열 이화영 장지희 최승화 감미경 | 스튜디오에스 홍보영상 변지애 안정아 **SBS I&M** 홈페이지 김지혜 조연아 | 디자인 김비치

스틸 [그라피오다] 박지선 문희 박보람

포 토 에 세 이

1판 1쇄 발행 2020년 07월 10일
1판 2쇄 발행 2020년 07월 30일

지은이 화앤담픽쳐스·스토리컬쳐
발행인 양원석
편집장 최두은
책임편집 정효진, 문예지
영업마케팅 양정길, 강효경
디자인 All design group
펴낸 곳 ㈜알에이치코리아
주소 서울시 금천구 가산디지털2로 53, 20층(가산동, 한라시그마밸리)

편집문의 02-6443-8844 **구입문의** 02-6443-8838
홈페이지 http://rhk.co.kr
등록 2004년 1월 15일 제2-3726호
ISBN 978-89-255-3686-6 03810

다실
태강
연탄

생을 다 걸고 도착하고 싶은 어딘가가 있다면

그게 바로 운명입니다.

내 모든 생을 걸고 옮기는 걸음이

바로 운명이니까요.